보특이 집

곽종철 제5시집

시음사
시사랑음악사랑

시인의 말

독자들의 마음을 흔들고 감동을 드리는
시 한 편을 쓰는 게 소원이다.

하지만,
4집의 시집을 내고 창작 활동도 열심히 하고 있지만,
독자들의 기대에 미치지 못한
시가 아닐까 싶어
시집을 낼 때마다 가슴이 콩닥거리고
두렵고 망설여졌는데,
이번에는 더 그런 것 같다.

그럴 때마다 '괜찮아'라고 말하는
독자들의 격려 목소리가
내 귓전을 울리는 것 같았다.
나 자신을 채찍질하며
독자들과 공감의 영역을 넓히는 데 더 노력하련다.

이제, 자신과의 약속을 지키기 위해
다섯 번째의 시집 『모퉁이 집』을 묶는다.
무거운 짐을 내려놓는 것처럼
홀가분하다.

2022년 초가을
강동 보금자리에서 **곽종철**

* 목차

〈1부〉 길에게 길을 묻는다

눈에 밟히는 그대 ································· 9

누나야 ··· 10

말을 잊은 모정(母情) ·························· 11

혼불 마을의 맥(脈) ···························· 12

산으로 가자 ······································ 14

기립박수 ·· 15

분재(盆栽) ·· 16

문인화(文人畵) ·································· 18

모퉁이 집 ··· 19

새해맞이 기도문 ································· 20

새해, 삶의 맹세 ································· 22

땡벌 ·· 23

새 박사가 새에게 묻는다 ··················· 24

혼돈의 세상 ······································ 25

남한산성 ·· 26

내게로 보낸 인생편지 ························ 27

부채질 ··· 28

길에게 길을 묻는다 ··························· 29

내 꿈이 머물 별처럼 ························· 30

임 ·· 31

언제부터인가 ···································· 32

미세먼지 ·· 33

꿈속에서 ·· 34

내 쉴 곳은 ······································· 35

천년 고목의 겨우살이 ······················ 36

〈2부〉 시인의 처방

수국(水菊)의 마음 ······························38

박꽃 같은 추억······························39

얼마나 될까······························40

말이 안 되는 말 ······························41

인고(忍苦)의 시간······························42

대한민국은 이참에······························43

대한의 피붙이······························44

일상, 외롭다고 말을 할까······························46

수양버들 ······························47

콩설기 한 덩이······························48

갈등(葛藤)······························49

산다는 건······························50

속 깊은 일자산······························51

밤하늘에 빛나는 북두칠성······························52

세상이 아프다······························54

안식처(安息處)······························55

복수초(福壽草)꽃 ······························56

신인류의 총아(寵兒)······························57

몇 킬로미터로 가야 하나······························58

갱년기(更年期) ······························60

꽃은 아파도 웃는다······························61

봄다운 봄이 올까······························62

그걸 몰랐네······························63

갓바위 ······························64

시인의 처방······························65

용사들을 보라······························66

용기(勇氣)······························67

* 목차

〈3부〉 파랑새의 꿈

참아야지 69

그래도 넌 좋겠어 70

다짐하고 또 하고 71

무망루(無忘樓) 72

지는 해 74

절규(絶叫) 75

고개 숙여 청(請)합니다 76

왠지 샘난다 77

일상의 탈출(脫出) 78

정이품송 장자 목(木) 79

안부 전화 80

혼밥 81

징검다리 82

시의 맛 83

광풍(狂風) 84

옹고집 86

스마트폰 87

시로 그린 과학관 88

파랑새의 꿈 90

신문고(申聞鼓) 91

의병의 날 92

마음이 고플 때 94

칡넝쿨 95

포용(包容)의 의미 96

봄기운 98

앵두 같은 사랑 99

모정(慕情) 100

아침고요수목원 101

⟨4부⟩ 세월이 약이다

약속 ·········· 103

기다림 ·········· 104

내 사랑 ·········· 105

세상일이란 게 ·········· 106

내 삶을 물으면(2) ·········· 107

당부 ·········· 108

휘파람 소리 ·········· 109

허수아비 ·········· 110

세월이 약이다 ·········· 111

색바람이 부는 언덕 ·········· 112

착한 웬수 ·········· 113

그리움 ·········· 114

장미의 가시처럼 ·········· 115

간절한 마음 ·········· 116

인생 ·········· 117

길 ·········· 118

지하철 맞이방 ·········· 119

속마음 ·········· 120

따라쟁이 ·········· 121

AI 로봇 ·········· 122

악몽 ·········· 123

달콤한 외로움 ·········· 124

낮잠 ·········· 125

시한폭탄 ·········· 126

바람꽃 ·········· 127

〈1부〉

길에게 길을 묻는다

눈에 밟히는 그대

먼 길을 돌고 돌아
삶이 저물어
온 세상이 어두워질 때면
밤하늘에 머물다간 초승달처럼
그대가 그립구나

풀 속에 홀로 핀 구절초처럼
속세를 떠나고 싶을 때도
그대를 영영 잊지 못하겠구나

빈방에 뎅그렇게 홀로 있을 때
비 멈춘 하늘에 나타난 무지개처럼
그대는 꿈을 전해주는 꽃이었지

언제부턴가
꽃길을 걸어도 가시밭길을 걸어도
늘 내 눈에 밟히는 그대,
그대가 둘도 없는 친군가 봐.

길에게 길을 묻는다

누나야

누나야,
진달래꽃 피는 소리 들리냐
두메산골 내 고향에서도
까만 밤 하얀 밤
잠 못 이루고 뒤척이며
진달래꽃 피는 소리 듣는단다.

누나야,
진달래꽃 피는 소리 들리면
바람이 우리를 데려다 주리라고
믿지 말고 바라지도 말고 달려와
이 산 저 산 함께 다니며
두메산골 고요를 깨워보자.

누나야,
진달래꽃 따 먹고 웃던 그 추억,
붉은 가슴이 되어 살랑인다.
산모퉁이 후미진 곳에 둘이 앉아
땅거미가 오는 줄도 모른 채
소꿉장난하던 자국 아직도 남아
철없던 시절을 하얗게 밝힌다.

말을 잊은 모정(母情)

시골 안마당에 감나무가 꽃을 피우듯
깊은 추억을 끄집어내 돗자리를 폅니다.
엄마 품속을 파고드는 병아리를,
엄마만 졸졸 따라다니는 송아지를
볼 때마다 엄마도 함께 서성입니다.

아들딸 잘되라고 노심초사하시면서
얼마나 슬픈 눈물을 많이 흘리시고
얼마나 힘들게 사시다 가셨는지를
느지막하게나마 이제야 보입니다.

가끔은 밑도 끝도 없는 꿈을 꿀 때
그동안 쏟아놓지 못했던 이야기도
눈빛 하나로 짐작이라도 하셨는지
아직도 목이 메 말씀을 못 하시는지
바라만 보시다 홀연히 떠나십니다.

잡힐 듯 멀어지는 당신의 그림자,
모정의 빛깔은 노을처럼 붉어집니다.

길에게 길을 묻는다

혼불 마을의 맥(脈)

한 많은 사람의 고뇌,
사연 많은 우리네 삶이라지만
그래도 사람 사는 세상,
여기가 노봉 혼불 마을이란다.

사랑과 갈등으로 점철해 온 삶,
온종일 허리 한번 펼 수 없는 삶,
세상이 뒤집히기만을 바라는 삶,
곡절 많은 청상과부의 삶까지
녹고 녹여 혼불이 되었다고
서도역* 철로 옆에 핀 들국화는
입에 침이 마르도록 풍문을 전하네.
근근이 이어오는 우리의 삶에
엎친 데 덮친 격으로 상처를 주던
일제의 침탈행위는 민초들의 삶을
더욱 처참하게 해 혼쭐이 났다고
이 동네를 지켜본 벚나무가 전하네.

따분하고 건조한 삶에서 벗어나자
인간 냄새나는 온기를 품자면서
혼(魂)도 전하고 한(恨)도 전하는
소중한 우리의 뿌리를 이어가고
내 존재에 대한 갈증도 풀자는
혼불 마을의 용트림이 크다.
물박놀이 장단에 정(情)을 찾는

혼불 아리랑*에 소름이 돋는다.
내 가슴이 물결처럼 일렁이고
민족의 가슴을 북처럼 두드린다.
오늘의 비극을 내일의 희극으로 일구네.
참 장하도다!

* 서도역 : 남원시 사매면 서도길 23-17에 위치한 구 서도역을
　　　　　말함. 미스터 선샤인 촬영지이기도 함
* 혼불 아리랑 : 최명희 작가의 『혼불』 배경지인 남원시 노봉마을에서
　　　　　　　2019년도 제6회 행복마을 만들기 콘테스트
　　　　　　　전국대회에서 농림수산부 장관상을 받은 작품

13

산으로 가자

가슴이 답답하면
모든 걸 다 품어줄
넉넉한 산을 오른다.

오르다 숨이 차거들랑
길섶에 앉아 눈을 감고
지나온 세상도 구경하란다.

가슴 아프고 고달픈 세상은
어느새 다 녹아 낙원이 되고
곱게 물든 단풍은 너를 닮아
마당바위처럼 넓고 포근해진다.

이 가을이 다 지나가기 전에
아픈 마음 어루만져 줄
산으로 가자.

기립박수

진정, 찬사를 보내고 싶다
진정, 존경하고 싶다
서슴없이 그대를 보냅니다.

정말, 나도 모르게 푹 빠진다
정말, 눈물이 날 만큼 감동적이다
나도 모르게 또 그대를 보냅니다.

누구를 열렬히 사랑한다
아쉽게도 보내야 할 때도 있다
아낌없이 그대를 보냅니다.
                 .

마음으로부터 우러난 진정입니다
남 눈치 보고말고가 어디 있나요?
그대를 보내면서 후회란 없습니다
오히려, 속이 후련해집니다
그대를 보낼수록 행복은 커집니다.

길에게 길을 묻는다

분재(盆栽)

겉으로는 웃는데
속은 말이 아닌 것 같아
마음 편히 바라볼 수 없구려.
자르고, 비틀고, 물 먹이고,
예술을 빙자한 고문 같구나.
바람에 나부끼는 나뭇잎이
구원의 손길처럼 보이네.

뒤틀린 모양새를 보고는
이구동성으로 감탄을 하고
겨우 목숨을 부지한 몰골에
끈질긴 생명력에 놀란다.
상처투성인 모습을 보고
저리도 좋아하는 심성은 아마,
속을 알지 못하는 순진함이겠지.

보고 싶은 창으로만 보면
보고 싶은 것만 보이지만
연민의 정(情)이라고는
눈곱만치도 보이지 않는 세상,
그런 세상도
우리가 사는 세상이라오.
그 나뭇잎은 오늘도
그 자리에서 떨고 있다.

길에게 길을 묻는다

문인화(文人畵)

빨랫줄에 나란히 앉은 참새들,
하나같이 쪼그리고 앉아 있네.
삶이 너무 고달파선가
너무 피곤해 잠을 자는 건가.

아니야, 이 하루도
함께 즐거운 삶을 살았다고
꿈을 꾸고 있는 건가
어디에 메시지를 보내는 건가

참새들의 세상도
보면 볼수록 참 아리송하네.

*2019. 12. 5 문인화전을 보면서

보록이집

모퉁이 집

"오늘은 어디로 갈까?"
"그 집으로 가야지."
나누고 베푸는 날이면
으레 나오는 말이지만
이 말처럼 정겨운 말
세상 어디에 또 있을까.

정을 주고받고 싶은 날,
누군가를 사랑해서
누군가가 그리워서
발길 가는 데로 가보면
누군가의 추임새 따라
삶의 보따리를 풀어본다.

오가는 대화 속에
웃음꽃이 피고
주고받는 술잔 속에
보름달이 뜨는구나.
그 속에 따스해지는 정(情),
그 정(情)이 그리워서
또 "그 집으로 가야지."

길에게 길을 묻는다

새해맞이 기도문

날마다 들려오는
나뭇잎 갉아 먹는 벌레 소리에
너무 힘이 듭니다.
지우고 지우기만 해
몸은 약하고 마음은 허전해져
기다리기만 하면서 살기에는
너무 힘이 듭니다.
우리 민족끼리라더니
이 핑계 저 핑계로
되는 일도 좋아질 일도 없는데
속살까지 드러내놓고 살기엔
너무 힘이 듭니다.

아닌 밤중의 홍두깨라더니
포용하고 아우르기는커녕
꽁꽁 언 얼음이 쪼개지는 듯
갈라지는 소리가 너무 큽니다.
혀를 껄껄 찰 일도 많습니다.
하지 말아야 할 일은 마구 하고
할 일을 내팽개치면 어떻게 합니까
경고등이 켜지면 사고는 뻔한 데
개의(介意)치 않고 그대로 간다고요
보고 싶은 것만 보시렵니까
듣는 것도 가려서 들으시렵니까
속이 타고 가슴이 터질 지경입니다
실낱같은 희망조차 가물거립니다
한 번도 가보지 못한 세상

너무 힘들게 하는 세상입니다.

세상이 우리를 힘들게 해도
언젠가는 또 웃는 날이 오겠지요.
찬바람 속에 눈 소식이 들려오니
따뜻한 봄날을 그려 봅니다
찬 겨울이 너무 길까 두렵습니다
너무 힘들게는 하지 말아주세요.

길에게 길을 묻는다

새해, 삶의 맹세

새해 아침 해님께
선물을 받았습니까?
건강한 삶, 너무나 고맙습니다
누구나 받는 선물입니다만
즐겁게 베풀면서 살겠습니다

새해 선물에 배려도 있습니다
선물 꾸러미 속에 들어 있는
가족, 이웃, 친구, 나라…
내 눈에 보이는 우주 만물을
더욱 소중히 여기며 살겠습니다

새해 선물에 행복도 있습니다
선물이라고 받아든 내 삶이
오늘처럼 외롭고 고통스러워도
모두 소중한 순간들이라는 것을
절대로 잊지 않고 살겠습니다

새해 선물은 내 것입니다
내 삶은 보배처럼 소중합니다
홀가분한 바람처럼 집착은 맙시다
귀한 선물도 몰라보면 소용없는 일,
임인년, 새해 복 많이 받으세요!

보듬이집

땡벌*

만만하게 보고 건드린 땡벌 집,
자기를 공격한 자에게는
인정사정없이 앙갚음하는 근성,
떼거리로 달려들어 쏘고 또 쏜다.

퉁퉁 붓는 얼굴이며 손등을 보며
왜 건드렸지 후회스럽기도 하지만
몰려오는 아픔 때문에
분노가 치밀어 올라 참을 수 없다.

"요놈들, 씨를 말리자" 싶어
그들 집에 불을 질렀더니
어떻게 사타구니로 들어왔는지
예기치 못한 거시기에 또 쏜다.

그들은 생존을 위한 불굴의 도전으로
비록 헌 집은 화재로 잃었지만
얼마 안 떨어진 요새(要塞)에 보란 듯이
새집을 짓고 위풍당당(威風堂堂)하게 산다.

아주 지독(至毒)한 놈이로구먼!

* 땡벌: '땅벌'의 방언

길에게 길을 묻는다

새 박사가 새에게 묻는다

콧등이 시린 겨울 아침,
남한산성을 가보자며
죽마고우(竹馬故友)를 앞세우고
길을 나선다.

산 초입에 들어서자마자
이름 모를 새가 마구 울어댄다
산골짜기를 쩌렁쩌렁 울리며
이 나뭇가지에서 저 나뭇가지로
이리저리 날아다니기도 하고,
또, 더 다가오지 말라는 건지
날개를 푸덕거리기도 한다.
또, 부리로 나무를 쫓으면서,
성화도 부린다.

도대체 왜 저럴까?
그 사연 알 길이 없네.
가던 발걸음을 멈추고
새 박사가 새에게 묻는다.

오류이집

혼돈의 세상

누구나 태어나면서부터
어디에서 무엇을 하며 살든
모두가 다 자연인이다.

미운 정 고운 정 다 등지고
정든 고향을 뒤로하고
돈도 사랑도 버리고
산이랑 달이랑 풀벌레랑 돌이랑
새소리랑 바람 소리랑~~~
함께 살아가면 자연인이란다.

자연인의 변신인가
이름표를 잘못 달았나
모두에서 자연인을 빼면
나머지는 뭐라 부르나?
둘은 닮은 듯 다른 듯한데.

길에게 길을 묻는다

남한산성

광풍이 휘몰아치고 간 현장에는
차마 눈 뜨고 볼 수 없는
그런 흔적들은
세월의 강물에 다 씻겼다.

사람들은 별나라에서 온 것처럼
망각의 세상에 온 것처럼
아픈 상처는 산성(山城)에 걸어 놓고
어두운 밤은 다시 오지 않을 것처럼
희희낙락(喜喜樂樂) 즐기기만 한다.

참았던 한숨이 저절로 난다.
박새 한 마리도
그 마음을 아는지
쪼르르 날아와 눈 맞춤을 한다.

내게로 보낸 인생편지

누가 까닭 없이 업신여겨도
바보처럼 모르는 척하고
그러려니 하면서 살아야지.

여기 가나 저기 가나
이리 굴리고 저리 굴려도
뒷방 늙은이처럼 천덕꾸러기가 돼도
싫은 내색을 하지 말고 살아야지.

아무리 속이 부글부글 끓어도
바위처럼 꾹 참고
화(禍)내지 말고 살아야지.

굽이굽이 인생길을 넘다 보니
산노을이 서산을 붉게 물들려도
갈 길이 아련히 보이는데
둥근 보름달처럼 둥글게 살자꾸나.

길에게 길을 묻는다

부채질

삼복더위에 하는 부채질은
땀을 식히려고 하고
모닥불을 피울 때 하는 부채질은
불씨를 살리려고 하지요.

얄밉게 하는 부채질은
약을 올리려고 하는 것이고
얼토당토않게 하는 부채질은
어깃장을 놓으려는 것이지요.

오줌똥 못 가리는 부채질은
어떻게 될까?
불난 집에 부채질은
어떻게 될까?
부채질도 가려서 해야지요.

길에게 길을 묻는다

눈에 들어간 티끌처럼
왜 이렇게
성가시게 할까.

손톱 밑에 가시처럼
왜 이렇게
마음 아프게 할까.

둥글둥글한 세상인데
왜 이렇게
꼬이고 꼬이게 만드는가.

어둠을 밝히는 촛불아!
너는 알겠지.
왜 이렇게
만신창이가 되는지를,

내 꿈이 머물 별처럼

새처럼 훨훨 날아
어디론가 가고 싶다던
그 꿈 지금도 있나요.

날면서도 하늘 높은 줄 모르고
꽃밭에서 꽃 질 때를 모르고
쉼 없이 꿈을 좇지 않나요.

꿈을 찾는 세상,
세월이 갈수록
하늘도 푸르고 바다도 푸르네
내 삶은 더 푸르구나.

밤하늘에 별이 더 빛나네.
내 꿈이 머물 별처럼, 오늘 밤
그 별 찾아가는 꿈을 꾸어야지.

임

어둠 속에 핀 꽃
향기가 진동해도
임은 먼 곳에

웃음꽃이 피고
향기가 은은하면
임은 내 곁에

너와 나
임을 붙잡고
우리가 되자

길에게 길을 묻는다

언제부터인가

언제부터인가
봄이 오는 듯 가버리고
더위에 숨 막히게 하더니
가을도 품기 전에 떠나고
추위에 떨게 하네.

언제부터인가
촛불이 낮이나 밤이나
대낮처럼 밝혀도 싫다며
성만 내지 말고 속마음도 보이란다.

언제부터인가
태극기가 목이 터지라 외치며
노도(怒濤)처럼 흔들어도 싫다며
장롱 속에 꼭꼭 숨어 있으란다.

언제부터인가
무궁화는 회전목마를 탄 것처럼
어지러워 현기증을 느낀다며
웅크리고 앉아 속으로 운다.

미세먼지

오늘도 오느냐 안 오느냐
오면 언제 가느냐
초미(焦眉)의 관심사네.
눈 오는 날 비 오는 날
가슴 시린 사랑의 추억도 이젠
호랑이 담배 피우던 시절이구나.

바람 부는 대로 떠다니는 티끌,
머리털 굵기에 이십 분의 일이라
보이질 않으니 잡을 수도 없으니
발등 찍힐 날 올까 무섭구나.
코털도 걸을 수 없는 먼지,
온몸을 돌며 생명을 흔들어도
뿌리칠 수도 막을 수도 없으니
핵무기만큼이나 무섭구나.

제집 찾아오듯이 오는 불청객,
오느냐 안 오느냐를 묻기보다
무섭다 무섭다만 할 게 아니라
줄이고 더 줄이고
짜고 더 짜는 지혜가 그립다
과학의 향기가 그립다.

길에게 길을 묻는다

꿈속에서

꿈이 날개를 펴고 날아와
어깨 위에 앉을 때면
가시덤불도 헤쳐 갈 힘이 나
콧노래가 절로 나는구나!
눈보라가 치고 비 오면
그 노래,
애달프고 서러워라
행복한 보금자리 찾을 때면
그 노래,
슬픔을 지워주는 기쁨이어라
꿈속에서 꿈을 찾는
단꿈에 푹 빠졌나 봐
파란 하늘에 흰 구름 좇아가는
달콤한 꿈속에서

내 쉴 곳은

북서울을 품은 오벽산* 기슭에
웃음꽃이 만발하고
인향(人香)도 가득하니
마파람도 사부자기 드러눕는다.

엄마 품 같은 푸른 광장에
기분 좋아 떠드는 아이들은
내 세상이다 싶어 잠시라도
코끼리 진흙에 목욕하듯 뒹군다.

몸도 마음도 속속들이 아름답네
가슴도 넓고 깊구나
너를 믿고 찾아온 사람마다
마음 놓고 정(情)을 가득,
즐거움도 고봉(高捧)으로 안고 가네.

낙원이 따로 있나 여기가 거기지
오늘만이라도 너와 함께 하면서
모든 시름 다 씻고 가련다
북서울 꿈의 숲에서

* 북서울의 오패산과 벽오산을 함께 이른 말

길에게 길을 묻는다

천년 고목의 겨우살이

천년 고목 은행나무가
모든 걸 다 내려놓으니
군더더기 없는 몸맵시에다 근육질이네
내밀한 곳까지 보여주니 더 고귀하구나
모두가 말문이 막혀 넋을 잃는다
바닥에 노란 물감을 칠한 것을 보니
깊은 겨울잠에 들어가나 봐.

따뜻한 봄이 찾아오면
삭정이 같은 메마른 나뭇가지에
물이 올라 잎이 트겠지
잎이 자라고 꽃이 피면
사랑이 활활 타 열매를 맺겠지
너와 나의 사랑도 아지랑이처럼
몽실몽실 피어오르겠지.

〈2부〉

시인의 처방

시인의 처방

수국(水菊)의 마음

분홍색으로 피우던 꽃이 올해는
파란색으로 핍니다

누군가는 묻습니다
무슨 사연이 있기에
저렇게 변할 수 있겠냐고

수국은 억울한 듯 말합니다
이렇게도 살고 저렇게도 산다고
변덕쟁이라고 욕을 하겠지만
꿈을 이루도록 빌어주고
넓고 건강한 마음도 전해주는
꽃다운 꽃이라고

자유롭게 사는 세상을 꿈꿉니다
그렇게 사는 게 누구 때문인데
겉만 보고 입방아 찍는 족속들아!
"네 죄는 네가 알렸다."

박꽃 같은 추억

남산을 오릅니다.

그대와 거닐던 옛 추억이
새록새록 떠오릅니다.

어디선가,
그대 목소리 들린 듯해
사방을 둘러봅니다.

그대는 보이지 않고
작은 풀꽃이 반겨줍니다.

혼자,
쓴웃음을 지으며
풀꽃한테 속내를 말합니다.

시인의 처방

얼마나 될까

당신과 나 사이,
너와 나 우리 사이
얼마나 될까
좋으면 지척이라니
사이좋게 지내야지.

하늘과 땅 사이,
이 세상과 저세상 사이
얼마나 될까
마음먹기에 달렸다니
가깝고도 먼 거리지.

때로는 빛과 어둠이 지나가고
때로는 수많은 사연이 일어나고
얽히고설키는 그런 사이,
얼마나 될까
달리 표현할 길이 없어
하늘만큼 땅만큼 많은 실타래라 해두자.

말이 안 되는 말

인물 잘나면 꼴값 떤다더니
왕관처럼 화려한 이름을 가졌다고
남들을 공포에 질리게 하고
제대로 숨도 못 쉬게 꼴값을 떠나.

날 살자고 남을 괴롭히고
깐죽거리며 병들게 하고
그래도 성이 차지 않으면
죽게 하는데 그러면 쓰나.

능력 있고 뒷배가 있는 자처럼
자기들 세상인 것처럼
온 세상을 휘젓고 다니면서
남 운명을 함부로 건드리면 안 되지.

변신의 여신인 코로나바이러스*여!
무법자처럼 사는 것을 멈추고
악어와 악어새가 함께 사는 것처럼
인간과 함께 공생하면 안 될까.

* 코로나바이러스 : 그 형태가 태양의 바깥쪽 층인 코로나와
닮았다고 붙여진 이름이라고 함. 코로나는
라틴어와 스페인어로 왕관을 뜻함.

시인의 처방

인고(忍苦)의 시간

전철역까지도 힘들게 가는데
휴지 한 장 굴러오다가 멈추네
문득 내 신세를 아는 듯해
주저앉아 한참을 쳐다본다.

좀 더 기다리면 말해 줄까
좀 더 다가서면 들을 수 있을까

노심초사하면서 바라보는데
알 듯 말 듯 한 손짓이
그래도 참고 견디라는 뜻인 것 같아
아픈 허리를 추스르며 다시 걸어간다.

팔자타령 신세타령, 한두 번인가
참는 데도 이골이 나 마음을 달랜다.

대한민국은 이참에

지금 코로나 때문에
나는 몹시 아프다.

이놈을 때려잡으려고
온 의료진과 온 국민이
두 팔을 걷고 씨름을 해도
변신을 잘해 속수무책이구나.
이참에 차라리 박멸을 위해
지혜를 모아 백신을 개발하고
치료 약도 만들어 다스려야지.

이놈이 옮길까 봐
이웃도 가족도 모두가 거리 두고
심지어 해외에서도 오지 말란다.
산 짐승이라 어디라도 가고 싶은데
보이지 않는 벽이 너무 높구나.
이참에 차라리 종합검진을 해서라도
고장 난 오장육부 다 치료해야지.

건강한 삶을 누리기 위해
나는 이참에 큰마음을 먹는다.

시인의 처방

대한의 피붙이

동녘 끝 외로운 섬
바람 잘 날 없구나.
억만년 지나서도
품 안에 자식처럼
바람만 불어도 잠을 설친다.

날 때부터 대한의 피붙이인데
슬그머니 손아귀에 넣으려고
호시탐탐 노리는 저 섬나라 근성,
숨겨 둔 그 음모(陰謀)
하늘이 알고 땅이 다 안다.

잠꼬대 같은 헛소리에
들꽃들은 손사래 치고
갈매기는 소리 높이 외치고
선열들은 지하에서 울분을 토한다
검은손이 다가오지 못하게,
태극기는 피붙이를 다독인다
동해물이 다 마를 때까지
너도 내 품을 떠나지 말라고,

먼 훗날까지도

천륜을 저버리면 죄악이지

대한은 따뜻한 혈육의 정으로

이 세상 끝까지 떠남과 만남 없이

이대로 영원히 함께하리라.

시인의 처방

일상, 외롭다고 말을 할까

나갈 데가 있고
할 일이 있다는 것이
얼마나 고마운 일인지 모르고
수많은 나날을 보냈네.

만날 사람이 있고
말을 섞으면서 웃을 수 있다는 것이
얼마나 행복한 삶인지도 모르고
바쁘다는 핑계로 잊고 살았네.

지금은 그런 소소한 일상들이
보배처럼 소중하고
축복인 걸 알만하니까
코로나19가 뒤덮인 세상이라
만나지도 말고 스치지도 말라니
외로움이 쌓이고 쌓여 꼭지가 돈다.

모든 게 멈춰 선 삶이라
살날이 얼마 남지 않은 우리에게는
안타깝고 원망스러울 뿐이다.
제자리로 하루빨리 돌아오기를.

보듬이집

수양버들

겨우내 몸살이 날 정도로
바람에 시달렸을 텐데
버들가지는 연두색 바람을 일으킨다.

그 바람에 봄꽃들도 꼬물거리지만
아직도 햇볕은 시릴 텐데
버들가지는 상춘객을 설레게 한다.

소녀들의 생머리 같은 네 모습에
보고 싶은 그대가 그리워지고,
한들거리는 버들가지에
아련히 떠오르는 추억들,
문득, 코흘리개 시절이 그리워지네.
바람을 안고 춤추는 춤사위를 보면
따분한 일상을 잠들게 하는구나.

그 바람, 오래오래 불어다오.
버들가지가 몸살이 나더라도,
그래도 그 바람에
눈물은 가져오지 말아다오.

시인의 처방

콩설기 한 덩이

집을 나설 때마다 임처럼 생각난다.
변함없는 사랑으로 주빈으로 모신다.

이른 아침 손이 시려도 생각난다.
부드러운 온기에 모정을 느낀다.

산에 올라 허기가 찾아올 때면
물 한 모금으로 타는 목을 축이고
옛 추억과 함께 진한 입맞춤을 한다
부드러운 식감에 달콤한 맛으로
입에 오래 머물게 하고 싶은데도
그만 넘기라고 주린 배가 보채면
가슴은 품고 싶고 머리는 보내란다
서로 어깃장을 부려도 가슴은 뛴다.

산행 내내 두 다리로 걸을 수 있는
에너지를 주는 콩설기 한 덩이,
그건 나의 버팀목이야!

갈등(葛藤)

지구의 중심부는
마그마*가 끓고 있다.

우리네 가슴 속엔
뜨거운 피가 끓고 있다.

지금 대한민국의 심장부엔
무엇이 부글부글 끓고 있을까?

저러다간 화산처럼
언제 터질까 봐 조마조마하네.

* 마그마 : 땅속에서 뜨거운 열을 받고 녹아 액체 상태로
　　　　변한 암석 물질을 통틀어 말함

시인의 처방

산다는 건

꽃바람에다 꽃향기인데
꽃잎의 춤사위도 볼 수 없다면
그게 사는 건가.

별 보며 집 나서고
별 보며 집에 돌아오는 일상,
그게 사는 건가.

산다는 건
길섶에 핀 별꽃처럼
내 인생의 주인으로 사는 거야.

속 깊은 일자산

자주 들어보지도 않고
잘 알려지지 않은 산이라 해도
아쉽거나 섭섭하지 않습니다.

뒷동산처럼 고만한 높이라도
나무도 새도 다 품을 수 있고,
일자(一字)처럼 늘어져 있어도
아기자기한 골짜기에 웃음꽃이 피고,
깊지 않은 산속이라도 마음은 넓어
타는 목을 축일 수 있는 약수도 있고,
비록, 작은 가슴이지만 품속은 따뜻해
둔촌*선생의 은거지와 훈교비를 품고 있소.

자주 들어보지도 않고
잘 알려지지 않은 산이라 해도
아쉽거나 섭섭하지 않습니다.

* 둔촌 : 고려 후기의 학자·문인인 이집(李集) 선생의 호.
　　　둔촌 선생은 고려 말에 신돈의 미움을 사 생명의 위협을
　　　받자 일자산(서울 강동구 소재)에 은거한 때가 있었다고 함.

시인의 처방

밤하늘에 빛나는 북두칠성
– 칠백의총 앞에서

낫 놓고 기역 자를 몰라도
부모님께 불효를 저질러도
처자식들이 걱정되어도
나라의 은혜는 구경도 못 했지만
의병들은 구국의 일념으로
의병장 중봉*에 목숨을 걸었다.

중봉이 "우리가 나라를 구하자"
"나를 따르라"라고 외치며 앞장서자
일사불란한 행동으로 청주를 탈환하고
왜군이 짓밟고 있는 금산으로 달려간다.
성난 노도처럼 밀려오는 왜군들과 맞서
이를 물리치려는 사활을 건 의병들,
이들을 몸소 진두지휘하는 중봉,
장렬히 싸우다가 한(恨)을 품고 산화한다.
칠백의총이란 역사의 꽃씨를 뿌리면서.

의병들의 비명이 피고 질 때
중봉은 눈을 부릅뜨고 외친다.
"나도 함께 가리라"
"그대들의 영혼은 내가 지킨다."
"그대들의 발자취는 영원하리라"
그 영혼, 호국의 꽃으로 피어나도다.
그 꽃, 눈 속에 핀 매화처럼
가슴에 들어와 그때를 잊지 말란다.

이 나라를 송두리째 흔들어 놓고도
뉘우침이나 깨달음이 없는 자들이여!
어두운 눈으로 맑은 영혼을 흐려놓고도
한이나 자책도 없는 자들이여!
세월의 등 뒤에 더는 숨지 말고
앞으로 나와 함께 참회록을 쓰자.

* 중봉 : 조헌의 호, 조헌은 임진왜란 때 700명의 의병을 이끌고
　　　끝까지 분전했으나 중과부적으로 모두 전사했다. 정치적
　　　으로는 기호학파에 많은 영향을 준 학자다.

시인의 처방

세상이 아프다

남 이야기처럼 들리고
언제나 비껴갈 것 같았던 설마,
뜬금없이 찾아와 손목 골절을 시켜
아픔에 취한 채 세월을 보낸다.

파란 하늘에 흰 구름 가듯
젊음을 발산하는 이들을 부러워하며
나만이 외톨이 신세가 되어 하얀 낮을,
벤치에 의지한 채 밤처럼 세월을 삼킨다.

밤하늘에 별똥별처럼
후회와 원망만이 쏟아지는 까만 밤을,
속으로 울며 밤을 지새우는 나에게
인내는 어르고 달래면서 고통도 참으란다.

뜻밖에 지나간 얄미운 설마의 흔적,
올해가 다 가기 전에.
느티나무에 바람 스치듯 아픈 상처 씻어줄
엄마 손, 약손이 그립다.

안식처(安息處)

도로가 거미줄처럼 나 있고
건물에 둘러싸인 포위된 삶,
숨 막혀
살 수 있을런가.

일거수일투족을 다 들여다보고
깊숙이 숨겨 놓은 비밀이라도
일망타진해버리는 발가벗은 세상,
마음 놓고 살 수 있을까.

지구 온난화에, 미세먼지에
회색 하늘에, 찌푸린 지구에서
하루살이 같은 삶에,
부평초 같은 신세라지만
마음의 고향은 나의 집이란다.

캄캄한 밤하늘에 별을 보고
내일 또다시 해가 뜨리라는
꿈을 꾸며 온기를 나누는
그 자리가 내 쉴 곳이란다.

시인의 처방

복수초(福壽草)꽃

눈 속에서도 피었네
노란 웃음을 머금고 있는
눈새기꽃*
겨울잠을 자는 군상들의
단잠을 깨울까 봐
남몰래 피었구나.

찬바람이 매섭게 괴롭혀도
웃음을 잃지 않고
갈 곳 없는 방랑자에게
한 줄기 빛이 된
당신은
누군가의 삶에 별이 되었네.

* 눈새기꽃 : 복수초꽃의 다른 이름. 얼음새꽃이란 별명도 있음

신인류의 총아(寵兒)

언제나 붙어산다
언제나 보며 산다
잠시라도 떨어지면 불안하다.

아는 것도 많다
물으면 다 알려준다
몇 번을 물어도 짜증을 안 낸다.

심부름도 잘한다.
통화는 물론 문자도 사진도 동영상도
시공을 초월해서 보내주고 받아준다.

길 안내도 잘한다
전철, 버스 노선, 아파트, 시장도
길눈이 어두운 사람에게 빛이 된다.

이렇게 설레발을 쳐도 귀엽다만
귀여운 만큼 허전함이 다가올까
때로는 거리 두기를 해본다
나날이 더 똑똑해지는 너를 보면
어느 날 말 없이 사라질까 두렵다
너 없인 난 못살아.

시인의 처방

몇 킬로미터로 가야 하나

모든 유혹 다 뿌리치고
모든 미련 다 떨치고
홀로 가는 인생길

사랑하는 그분은
부르지도 않았는데
마음대로 살다 오라 했는데
한마디 물어볼 수 없는
그분이 누구인지 몰라도
부르면 가야 하는 길이기에
오란 데로 갈 수밖에 없는 신세다
몇 킬로미터로 가야 하나

사랑하는 그분은
어서 오라고 재촉하지 않았는데
즐겁게 살다 오라 했는데
이것저것 따져볼 수 없는
그분이 누구인지 몰라도
시키면 시킨 대로 따라야 하기에
잔말 말고 갈 수밖에 없는 신세다
몇 킬로미터로 가야 하나

가던 길을 멈출 수 없고
돌아갈 수도 없는 외길
차라리 홀연히 떠나고 싶다.

시인의 처방

갱년기(更年期)

시를 먹고 자라던 시 나무가
지난 칠월부터 겨울잠에 들어갔다

시 쓰고 싶은 의욕도 흥미도 잃어가고
기력은 떨어져 말조차 하기 싫다
이런저런 잡생각에 글 한 자도 쓰기 싫다
그러면서도 모든 걸 잃을까 두렵다

어느덧 새벽에 내리는 첫눈,
겨울잠을 자는 나뭇가지에 안긴다

차가우면서도 포근한 온기에
잠을 깬 시 나무는
무럭무럭 자랄 생각에
향기로운 꽃 피울 생각에
가슴이 두근두근 설렜다.

누구는 여태껏
썼다가 지우기만 하고 또 해
지우개 똥만 가득 남았다.

꽃은 아파도 웃는다

바람이 찾아와 흔들고
날씨가 심술을 부리면
꽃은 아프다.

나비가 찾아와 안기고
사랑하며 공생을 해도
꽃은 아플 때가 있다.

꽃은 아파도 웃는다
우리를 늘 웃게 한다
세상을 밝고 젊게 한다.

장미꽃만 좋아하면
안개꽃은 어쩌나!
이 꽃 저 꽃 다 꽃이다.

시인의 처방

봄다운 봄이 올까

미세먼지가 극성을 부리고
코로나19가 활개를 치고
철모르는 파리떼가 득실거리니
봄, 봄날이 와도 봄 같지 않네

앞산 계곡 물소리 들리고
꽃망울 잎망울이 부풀고
날짐승 들짐승도 생기가 도니
봄, 봄날은 오는가 봐

폐업은 속출하고 개업은 사라지고
이래서 죽겠다 저래서 죽겠다는
곡(哭)소리만 들리는 인간 세상
언제, 봄다운 봄을 맞이할까.

그걸 몰랐네

해야! 너는 뭘 먹고 사나
어둠을 먹고 살지

언제 먹냐
밤새도록 먹지

왜 그걸 먹나
세상을 환하게 하려고

그대여!
오늘을 있게 해줘 고맙다
아니야,
그건 내 곁에서 맴도는
누군가의 조화(造化) 때문이야.

시인의 처방

갓바위

한평생 살다 보면
삶이 꼬이고 뒤틀어져
바닥 모르고 추락할 때면
누구나
지푸라기라도 잡고 싶겠지

가파른 팔공산 산길을
숨 가쁜 줄 모르고 올라가
부처님께
두 손 모아 빌고 빌며
백팔배(百八拜)도 정성껏 올리네

무슨 소원이 저리도 많을까?
그 소원에 한(恨)이 서려 있고
하나같이 너무 간절하구나
그 뜻 부처님께 닿아
꼭 이루어지길 함께 기도한다.

시인의 처방

눈에 보이지도 않는 코로나로
서로가 떨어져 지내야 하고
손잡는 대신에 주먹 내밀기로
세상은 서먹서먹해졌습니다
세상은 싸늘해졌습니다
어제도 오늘도 내일도
몇 년째 지구를 뒤덮고
진드기처럼 떨어지지도 않고
물러갈 기미도 보이지 않는
얌체족으로 설레발을 칩니다
이러다 보니
너는 너, 나는 나
따뜻한 정(情)은 간 곳 없고
찬 바람만 불고 냉기류가 흐릅니다
사랑은 기근이 들고
갈등의 파고는 높겠다고
지구촌의 대변인이 연일 말합니다
마음에 남아 있는 사랑의 꽃
짓밟지 말고 시들지 않게
서로 보듬으며 사랑을 베풀자는데
그걸 어찌 믿나, 하느님을 부릅시다.

시인의 처방

용사들을 보라

나무만 산다고 아름다운 산이 될까
역사도 영웅들만 이룬 것이 아닐 텐데
목숨을 초개처럼 버린 용사들
고향의 품이 그리워 눈을 못 감는다
바위가 놓인 곳이 흙인 것처럼
영웅이 선 자리도 용사들 곁이다
영웅은 세월이 갈수록 빛나고
용사들은 잊힐 뿐이다
살아서 천시당하던 용사들,
죽어서는 낯선 산야를 떠도는 신세
굽이마다 나라를 구한 영웅들이라지만
과연, 영웅 혼자서 해냈을까?

은하수가 있으니 북두칠성이 더 밝다
용사들의 희생으로 영웅이 빛난다
역사는 승자의 기록이라지만
바다로 가는 물은 함께 흐른다
나라가 어려울 때 함께 나섰는데
나라 위한 마음조차 차별하면 안 되지
그들이 일으킨 나비효과*를
애써 외면하고 가볍게 여기지 말라
그들의 공로를 푸대접하면
나라는 캄캄하고 모래성처럼 된다
용사들은 보배야!
그들의 영혼을 달랠 노래를 부르자

* 나비효과: 미국의 기상학자 에드워드 로렌즈(Lorenz, E.)가
주장한 이론으로 '작은 일이 큰 변화를 일으킬 수
있다'는 뜻이다.

용기(勇氣)

아스팔트 틈에 자리 잡은
민들레가 꽃을 피웠네
바위틈을 비집고 살아온
소나무가 산을 지키네.

세상을 본 순간부터
목 축일 물 한 방울이 없고
모진 눈보라가 온몸을 떨게 해도
태어난 곳이 어디라도
척박한 처지를 탓하지 않는구나.

비바람에 흔들리지 않고
남 탓도 하지 않고
정(情)을 베풀면서
민들레처럼 소나무처럼
힘들지만 올곧게 사는 너에게
미소 짓는 얼굴이 보인다.

시인의 처방

<3부>

파랑새의 꿈

참아야지

참아야지,
참아야
보금자리에서도 바람이 잔다.

참아야지,
참아야
온누리에도 봄날이 온다.

참고 참다 보면,
곪고 곪아 터져
더는 속수무책일 때도 있어
종기는 곪기 전에 도려내야지.

그런다고 병을 낫게 한다는 핑계로
생살 도려내는 우(愚)를 범하지 말고
밀려드는 파도를 타고 넘을
묘안은 세상인심에서 찾아야지.
참고 참는 것만이 능사는 아니지.

파랑새의 꿈

그래도 넌 좋겠어

철없던 시절,
내가 가진 것 하나 없어도
엄마가 있어 살만했다.

철이 들면서,
내가 가진 것 하나 없어도
꿈을 좇아 도전하는 맛에 살만했다.

행복했던 그 시절도
가진 것 별거 있었나,
피붙이들 자라는 것 보면서
생존을 위해 일에 파묻혀 살았지.

쥐꼬리만큼 남은 인생,
후회 없이 살다가 아무도 모르게
UFO* 타고 우주여행을 꿈꾼다.

* UFO : 미확인 비행 물체를 뜻함(unidentified flying object)

다짐하고 또 하고

언제부턴가 밤이 두렵네
외로움 때문일까
홀로 있는 낮도 두렵네
사람이 그리워서일까
서쪽 하늘에 노을조차 두렵네
인생의 그림자를 보는 듯해서일까

단칸방에서 뒹굴던 피붙이들도
제 갈 길로 다 가버리고
그 많던 친구도 만남도
하나둘씩 떨어지더니
이제는 의지할 곳 없는
고군약졸(孤軍弱卒) 신세랄까.

꽃 없는 나비처럼 홀로 앉아
먼 산을 바라보며
이 생각 저 생각에 잠기면서
지나온 세월 복기를 하다 보니
'남은 인생 두 발로 걷자' 싶어
두 주먹 불끈 쥐고 걸어간다.

파랑새의 꿈

무망루(無忘樓)
– 호국보훈의 달을 맞이하여

북풍이 불어 닥치면
보이지 않는 손이 소리 없이 찾아와
대한의 영혼을 괴롭힌다.

최대의 사상자를 낸 6 · 25전쟁,
민족의 대 비극도 빛바래고
아웅산, 천안함, 언평도, KAL...
이름만 들어도 다 아는 큼직한 악몽은
아물지도 않고 가시지도 않은 상처들이라
대한의 영혼은 지금 몹시 아프다.

왜 덮기에 급급하고 입을 막으려는지
누군가는 내 어깨를 흔들어 댄다
"너는 대한의 아들이냐"고
또 누군가는 자비로운 목소리로 말을 한다
"역사를 잊은 민족은 미래가 없다."고
모두가 나라의 평화와 번영을 위해
대한의 영혼을 바로 세우잔다.

세월 가면 잊힌다고 하지만

잊을 수 있는 일들인가

영광스러운 조국을 위해, 동포를 위해

민족의 혼을 일깨우기 위해

늘 가슴에 새기고 새겨야지.

우리는 봄날이 왔다는 광화문 광장에

무망루(無忘樓)*라도 지어

대한의 영혼을 건강하게 되살리자.

* 무망루(無忘樓) : 병자호란 때 인조가 겪은 시련과 청나라에
　　　　　　　　　볼모로 잡혀갔다가 귀국 후 북벌을 꾀하다
　　　　　　　　　승하한 효종의 원한을 잊지 말자는 뜻에서
　　　　　　　　　영조가 지은 이름임(자료: 남한산성 수어장대에 전시)

다랑새의 꿈

지는 해

관악산 중턱에서 너를 본다
온종일 얼마나 시달렸는지
구름을 잡고 무슨 하소연을 하는지
듣던 구름이 홍당무처럼 붉어진다.

모두가 내 쉴 곳을 찾아가는데
머리가 희끗희끗한 사내 둘은
가던 길을 멈추고 너를 보며
인생무상을 논(論)한다.

여보게, 우리는 어디쯤 가고 있나
말없이 지팡이로 너를 가리키며
너털웃음으로 답을 하는데,
엿듣던 바위가 빙그레 웃는다.

아침에 뜨는 해는 저녁에 지고
뜨고 지고 하다 보니 가는 게 세월,
너는 분명 세월의 몰이꾼이라
서산에 묶어 두고 싶다.

절규(絕叫)

온 세상을 향해 외친 그들의 말,
키 작은 별꽃도 꽃 피는 날이 오고
어두움은 가고 해 뜨는 날이 온다지만
그런 세상 오기는 오는가.

해를 가리고 달을 가리는 존재,
걷어치워 달라고 목소리를 높여도
성내고 딴전을 피우면 꼭지가 돌지
들어주고 안 들어주는 것도 마치,
자기 마음대로인 것처럼.

철석같이 믿었던 굳은 약속,
파도가 쓸고 간 모래밭처럼 지워지고
꿈이 사라진 울고 싶은 사람들은
삶의 무게를 견디지 못해 하소연하지만
햇살을 가리는 먹구름이 버티고 있으니
또 다른 세상을 기다려 볼 수밖에.

파랑새의 꿈

고개 숙여 청(請)합니다
– 천상병 시인 궤적을 더듬고

하늘로 소풍 간 사람,
오늘 만날 수 있을까
만나면 무슨 말을 할까
생각만 해도 가슴이 뜁니다.

막걸리부터 한 잔 권할까
배춧잎 한 장 드릴까
수락산 계곡에서 목욕이나 같이할까
생각할수록 머리가 복잡해집니다.

한 걸음 두 걸음 다가갈수록
세상에 맞서면서도 세상에 안기고
세상의 어려움은 순수함으로 초월하고
그리움과 슬픔은 새소리 물소리처럼
자연의 속마음에 풀어버리는 삶인데,
그런 삶을 바라보면서 넋을 잃은 자,
고개 숙여 청(請)합니다.

그대는 죽어도 죽은 게 아닌데
영혼은 산 자 곁에 남아 지혜를 주소서
나는 배가 고픕니다.
나는 마음도 고픕니다.

왠지 샘난다

세상사 아무 걱정 없는 것처럼
둘이서 눈빛만으로 행복을 그리며
물 위에 떠 있는 것만 봐도 샘난다.

우리에게 행복의 표상인 양
앞서거니 뒤서거니 이리저리
헤엄쳐 다니는 것만 봐도 샘난다.

눈 맞춤은 언제 했는지
눈꼴사납게 사랑놀이를 할 때는
우리도 이심전심으로 손을 잡는다.
이런 사랑놀이로는 부족한지
부리로 서로를 더듬어댈 때는
남들의 시선은 아랑곳하지 않고
우리도 닭살 행각을 저지르고 싶다.

한번 왔다가는 인생,
미풍양속이라는 유리벽을 뛰쳐나와
참깨 같은 고소한 맛을 내고 싶다
원앙새야!
보는 이마다 너희들이 부럽단다.
콩닥거리는 가슴은 왠지 샘난다.

일상의 탈출(脫出)

코로나가 일상에 재를 뿌려
따분하고 답답할 땐
너그럽게 반겨줄 곳을 찾는다.
고요한 적막을 깨고
목청껏 외치며 인사하는 까마귀,
나뭇가지 사이로 날아다니며
재롱떠는 박새, 곤줄박이들,
먼지처럼 쌓인 잡념을 털어 내준다.

저렇게 살아있음을
얼굴 안 붉히고 온몸으로 보여주며
남을 타박하지 않는 무리를 보면
맥없이 흐트러진 일상도
정신이 번쩍 들어 바르게 추슬러진다.
시들었던 용기(勇氣)도 되살아난다.
우리에게 깨우침을 주기도 하고
절망을 희망으로 바꿔주기도 한다.
그들은 그런 마력(魔力)을 가졌나 봐.

정이품송 장자 목(木)

인간도 생각지 못한
번뜩이는 지혜로 벼슬을 얻고
그 명예가 역사의 꽃이 되어
대(代)를 이어 빛날 것 같구나.
세상이 바꿔도 몇 번이나 바뀐 세상에
어떻게 장자 목이 태어날 수 있을까.
아빠의 힘도 엄마의 힘도 아닐 텐데,
과학기술로 이룬 쾌거이겠지.
궁금한 것은 못 참는다는 인간들,
옆에 두고 그런 재주 또 보고 싶었나.
될 성싶은 나무는 떡잎부터 다르다더니
씩씩한 기상에 당찬 풍모가 남다르구나.
푸른 하늘을 향해 무럭무럭 자라니
이번에는
혼돈의 세상을 헤쳐 나갈
무슨 절묘한 지혜를 발휘해줄 것 같구나.
간절한 바람으로 두 손을 모은다.

파랑새의 꿈

안부 전화

코로나19로 고향을 못 가니
아버지 어머니께
전화를 드려야지!
전화번호가 생각 안 난다
연락처 검색을 해보지만 없다
여기저기 메모장을 찾아도 없다
동생들에게 전화해 본다
전화를 받지 않는다
한참 부산을 떨다가 잠을 깬다
한바탕 꿈이다, 허전하구나.
저세상과의 통화,
가당키나 한 일일까.

혼밥

언제나 북적댔는데
밥상에 둘러앉을 때
무릎이 포개져 불편했는데
혼자 텔레비전을 마주 보고 앉는다.

언제부턴가 외로운 신세라
끼니때마다 고민한다.
밥을 먹어야 하나 말아야 하나
떡 한쪽이나 먹고 말까.

외식이 싫어 냉장고 문을 연다
입맛이 별로 없어 식욕도 없는데
손에 잡히는 대로 꺼내놓고
외로움을 삼킨다.

모래알 씹듯이 밥을 먹는다.
정을 나누는 즐거움도 없다
사람이 그리워 수저를 놓는다
추억을 먹으면서 세상 탓을 한다.

파랑새의 꿈

징검다리

마을과 마을을 이어줍니다
길과 길을 이어줍니다
삶과 삶을 이어줍니다.
마음과 마음을 이어줍니다
사랑과 사랑을 이어줍니다
우정과 우정을 이어줍니다.

마을이 이어지면 화합이 됩니다
길이 이어지면 소통이 됩니다
삶이 이어지면 이해를 합니다
마음이 이어지면 포용을 합니다
사랑이 이어지면 행복이 찾아옵니다
우정이 이어지면 정(情)이 넘칩니다.

시의 맛

잔잔하게 흐르다가도
소용돌이치는 물처럼

산들산들 불다가도
회오리치는 봄바람처럼

따분하고 밋밋하게 이어지는
내 언어 속에도 때로는
해학과 유머가 살아있고
촌철살인(寸鐵殺人)의 풍자가
깃들어 있으면 좋겠다.

몸에 없어서는 안 될 비타민처럼,

파랑새의 꿈

광풍(狂風)

따뜻한 손길로 어루만져 주던 네가 아닌가
모두는 온정을 품고 싶어 가슴을 열었다
세상 만물은
겨울잠을 깨고 어두운 동굴에서 나오고
흔들어 주는 촉수 맛에 새싹도 자랐다

그 심성 어디 가고 꼭지를 돌게 히나.

평온한 어촌을 쑥대밭으로 만들고
잔잔한 바다를 요동치게 하고
꿋꿋한 청춘의 가로수도 뽑아버리고
닥치는 대로 날려버리는 폭력 때문에
삶의 터전이 사라질까 두렵다

나 아닌 다른 존재는 안중에도 없나.

곱게 물든 단풍잎에 빠져들다가도
막무가내로 휘젓고 다니는 네 격기(激起)로
우수수 떨어지는 자연의 살점들,
떨어진 낙엽이라며 즐기면서 밟는다
밟는 소리에 쾌감을 느끼는 존재가 얄밉다

이런 안하무인의 업신여김을 뭐랄까

발가벗은 나무를 흔들어 울린다
계절에 버림받은 메마른 풀도 울린다
춥고 배곯은 천애고아를 울리네

세상이 울고 싶은데 더 서럽게 만드네
정말, 알 수 없는 몸짓들이다

네가 잠잠하면 세상은 살만하다.

85

파랑새의 꿈

옹고집

무슨 생각이라도
굴리고 굴리면
슬픔도 분노도 다 녹여
별처럼 빛나는 정의로 되나.
고뇌라는 용광로가
고통과 원망을 품어준다면서
꿈도 미래도 함께 아사가
벼랑길로 내몰릴까 두렵네.
꽃길이 아닌 가시밭길을
비단길인 양 되새김질하면서
가진 자가 베풀어야 한다고
타협과 양보는 삶의 꽃이라고
입에 침이 마르도록 외치더니
내 갈 길은 내가 간다며
루비콘강을 망설임 없이 건너네.
그대 뒤엔
어두운 그림자가 드리워지네.

스마트폰

너는 스스로
누구를 그토록 사랑하지 않는데
너를 사랑하는 이가 그리도 많을까
자나 깨나 옆에 두고
눈을 떼지 못하고
손에서 놓지도 못하는 마니아들,
너 없인 '불안하다'는 소리,
다들 그렇다는구나
척척박사에다 만능 재주꾼인데
늘 함께할 수 있고
지구 끝까지 우리로 만들었으니
좋아하지 않으면 안 될
그렇고 그런 사이가 돼 버렸네.
넘치면 모자람만 못하다는데
시도 때도 없는 그 사랑이
중독이란 이름으로 안 변할까.
알면서 물들어가는 그 집착이
안타까워 한숨을 짓는다.
이런 사랑 어쩌면 좋아!

파랑새의 꿈

시로 그린 과학관

우주의 탄생인 빅뱅을 시작으로
과학은 쉬지 않고 미래를 향해 가네.
과학은 천재들의 전유물인가
찬란한 흔적들이 가득하네.

다들 위대한 업적들이지만
인간의 욕망은 하늘을 찌른다.
편리하고 풍요로운 삶을 좇다 보니
파란 불 빨간 불이 함께 켜지네.
몸살이 난 지구는 기진맥진하고
반짝이는 별에는 누가 살기에
우주로 향하는 마음 그리 클까.
인간보다 똑똑한 로봇을 만들고
생태계 파괴를 보면서 인간은
왜, 자꾸 불안해하고 작아질까
생명도 자연의 섭리에 따라
탄생, 성장, 소멸하는 것이 아니라
신의 경계를 넘나드는 짓도 서슴없이 하니
벼랑 끝에서도 브레이크가 없는가 봐
인간의 장기도 자동차 부품처럼
갈아 쓰면서 백 세 인생도 짧단다.
과연, 인간은 무슨 짓까지 할 수 있을까.

그러면 그럴수록,

과학관은 채워지지 않네.

인간의 설 자리를 어디에 그리고

파란 불 빨간 불일 때는 어떻게 할까?

물음표만 주렁주렁 달린다

파도를 타고 미래로 떠밀려간다

과학관을 그리려니 물감이 떨어져

여기서 멈춘다.

파랑새의 꿈

나무가 햇볕을 그리워하며 살듯이
물고기가 어항에 갇혀 살듯이
뼈아픈 설움을 삼키면서 사는데
세월만 간다고 좋은 날이 올까.

제대로 배우지도 못하고
제대로 가진 것 하나 없이
찌들대로 찌들어 살고 있는데
세월만 간다고 좋은 날이 올까.

누릴 것 다 누리면 꿈도 없겠지
아쉬움이 없으면 만족도 모르겠지
끈끈한 정이 없으면 사는 맛도 없겠지
삶에도 간이 맞아야 좋지 않을까.

욕심에 사로잡혀 허우적거리지 말고
산 넘어 산에서 보물 찾는 꿈도 믿지 말고
소중한 것은 늘 가까이 있다는데
마음속 깊이 숨어 있지 않을까.

어쩌면, 곧바로 찾아올지도 몰라.

신문고(申聞鼓)

집 앞 모과나무에
새들은 쉼터처럼 모여서
노래도 하고 사랑도 하고
자리다툼도 한다

머문 곳에는 머문 흔적
나무 밑에는 무질서한 낙서로
보기만 해도 머리 아픈 인간들
죽일 듯이 소리치며 내쫓는다

갈 데 없어 여기까지 왔는데
좀 머문다고 그렇게 화를 낼까
또 내쫓으면 어디로 가란 말이냐
야박한 인심이라며 새들은 지저귄다

우리를 떠돌이로 만든 자들아!
지구는 너희들의 전유물이 아니야
함께 살아가자며 손을 내밀면
누이 좋고 매부 좋을 텐데

새들의 하소연이다.

파랑새의 꿈

의병의 날

나가라고 한 자 없어도
등 떠미는 자가 없어도
가족들과 생이별하고
나라를 위해
민족을 위해
몸 바친 선혈께 고개 숙인다.

큰 뜻 품은 사람들
살신성인을 실천한 사람들
그대들이 있었기에
나라는 늑대들을 쫓아버리고
민족은 봄을 맞이해
후손들은 꽃을 품고 산다.

의병의 높은 가치 이어받아
포용과 배려를 베풀고
정의를 세우고
웃음꽃이 만발하는
사람 냄새 물씬 나는
영생불멸의 무궁화를 피우자.

그런 세상 그냥 굴러올까
형상만 남은 껍데기에
떠난 실체 되찾아 채우고
썩은 쓰레기도 치워야지
위선자인 독버섯도 가려내야지
나라다운 나라를 위해서라면
탈바꿈을 위해 허물도 벗자.

파랑새의 꿈

마음이 고플 때

배부르다고
숟가락 놓은 지 얼마나 됐다고
또 허기가 진다.

배고픔을 느낄 때마다
입으로 달래러니
마음은 더 고파진다.

이것저것 되는 일이 없는 세상
먹어도 먹어도 배고픈 건
마음이 고플 때란다.

고픈 마음 달래는 데는
백약이 따로 없다 훌훌 털고
어디론가 훌쩍 떠나보자.

칡넝쿨

물귀신처럼 나무를 끌어안고
꼭대기까지 기어 올라간다
무엇을 찾아 헤매는 듯
구석구석을 더듬으면서
나무를 칭칭 감아 결박하고
이불을 씌운 듯 덮어버리자
나무는 힘겨워한다.

강자는 당연하다는 듯이
"자연의 순리대로 산다"라고
큰소리치지만
약자는 가슴을 치며
"남은 죽을 지경인데"라고
하소연한다.

먹고 먹히는 세상에
가장 똑똑한 자의 어설픈 답은,
누가 누구를 못 살게 하나
끈질기게 괴롭히는 자를 눈여겨봐라
자연에서도 그가 '갑(甲)'이다
나무들도 몸서리치게 두려워한다
마치 인간 세상에서 포식자처럼.

파랑새의 꿈

포용(包容)의 의미

한 길 사람 속은 모른다더니
오랜만에 만나 반갑다며
희희낙락(喜喜樂樂)거리다가
갑자기 누구를 밀쳐버리면
당하는 누구는 황당하겠지

인정도 없이 이성을 잃었나
돌풍처럼 휘몰아치는 소용돌이,
미물(微物)도 아닌데
밟고 싶다고 밟아버리면
당하는 누구는 억울하겠지

자기 잘난 맛에 산다고 하지만
혼자 거들먹거리며 살다가
한 줌의 흙으로 돌아갈 그의 생이
끝내 부질없다는 생각에
치솟던 분노의 전율마저도
봄날에 눈 녹듯이 녹아 버린다.

한때의 분을 가라앉히고
그 사람을 또 사랑해야지
그 행동이 밉더라도
그 사람은 미워하지 말아야지
정과 뜻을 맞추며 살아가야지.

파랑새의 꿈

봄기운

진달래가 빵끗빵끗 웃고
개나리가 생끗생끗 웃으니
벚꽃은 박장대소를 한다
꽃 잔치인가 봄 잔치인가?

이런 가슴 설레는 꽃밭에서
나조차 나를 잊고 황홀감에 젖어
나비가 꽃을 추행하듯 그대를 보며
별이 쏟아지는 밤을 그리워한다.

짜증 나고 화난 일이 있었던가
근심 걱정도 소리 없이 사라져
지금은 무아지경(無我之境)일세
꽃가마 탄 기분이랄까.

앵두 같은 사랑

앵두꽃이 곱게 필 때면
구름 타고 여행을 떠났지

앵두가 열릴 때면
깨가 쏟아지는 집을 그렸지

앵두가 붉게 익어갈 때면
입술마다 사랑이 가득했었지

그 사랑,
앵두 같은 사랑이었나 봐.

파랑새의 꿈

모정(慕情)

아침마다 미소 짓는 나팔꽃
네 모습을 바라보면
엄마도 함께 와 계시네

네 모습이 활짝 웃으면
엄마는 뭐 그리 좋으신지
보름달처럼 환해지시네

에야! 아침에만 피지 말고
온종일 피어다오
아니, 사계절 내내 피어다오.

아침고요수목원

오늘
큰마음 먹고 찾아왔는데
밝은 웃음으로 반겨 줘
고마워요

눈길
닿는 곳마다 비경인데
마음도 비단결 같네
지친 몸 달랠 수 있게
엄마 품처럼 품어 줘
정말 좋아요

축 늘어진 삶에
활명수 같은 생기를 베푸니
오뚝이처럼 일어나
다시 살아갈 힘을 주니
하늘만큼 땅만큼 좋아요.

파랑새의 꿈

〈4부〉

세월이 약이다

약속

왜 자꾸 시계를 볼까
그런다고
버스가 더 빨리 오지도 않는데
그래도
또 시계를 보네

세월이 약이다

기다림

오늘따라 감나무 위에서
까치가 쌍(雙)으로 지저귀네
무슨 기쁜 소식이 오려나
영영 집 떠난 친구 소식인가
까치 소리가 넋을 뺀다

내 사랑

꽃은 피어도 꽃이오
시들어도 꽃이라네
내 사랑은 늘 꽃이라
앉으나 서나
그대 생각뿐이오

세월이 약이다

세상일이란 게

하늘에 시커먼 구름이 몰려드니
곧 비라도 쏟아질 것 같네
사람이 구름 떼처럼 몰리는 땅엔
곧 성난 바다가 될 것 같다
민심이 천심이라는데.

내 삶을 물으면(2)

누더기처럼 엮이고,
아프고 힘든 추억들이지만
그 속에
좁쌀만 한
낭만도 있었다고

세월이 약이다

당부

지레 겁을 먹고 있는데
아빠가 불러 세우더니
"알았다"
"다음부터 그러지 마"

때리지도 않는데 떨고 있다.

휘파람 소리

잡초만 우거진 물레방앗간에
아직도 그대 향기 그대로구나
바람 타고 들려오는 듯
그때 불던 휘파람 소리
여전히 내 귀에 소롯*하구나.

* 소롯하다 : 조금도 축나거나 상함이 없이 그대로 온전하다.

세월이 약이다

허수아비

누더기가 어울리는 할아버지,
황금 들판을 지키는 파수꾼,
늘 욕심 없이 웃는 얼굴인데도
벗들은 멀어만 가는구나. 가끔은
참새라도 찾아와 조잘거리면 좋겠네.

세월이 약이다

인생이란 긴 터널 지나다 보니
깊은 상처는 아물고
응어리도 풀어져
제자리로 돌아온 너와 나
친구야, 세월이 약이지.

색바람이 부는 언덕

꽃바람*이 불던 저 언덕에
색바람**이 벌써 부는구나.
민들레 필 무렵에
별보다 멀리 떠난 그대는
언제쯤 내 품에 돌아올까.

* 꽃바람 : 봄철 꽃이 필 무렵의 봄바람
** 색바람 : 이른 가을에 신선하게 부는 바람

오뚝이집   112

착한 웬수*

눈에 넣어도 아프지 않은
내 새끼

난초처럼 자라라 했는데
장미처럼 피었네

가깝고도 먼 사이
서로 따사로워지자.

* 웬수 : 원수(怨讐)의 방언(경기, 경상, 전라 지방)

세월이 약이다

그리움

내 분신
바라만 봐도
배부르셨던 엄마

고운 정 미운 정
다 안고 사시느라
참, 고생 많았소

철든 자식
마음이 아려옵니다.

장미의 가시처럼

사랑도 미움도
환히 들여다보소서

즐거움도 괴로움도
속속들이 알아주소서

그 사랑,
변치 말게 지켜주소서.

세월이 약이다

간절한 마음

기러기 짝을 찾듯
벌 나비 꽃을 찾듯 넘나들자

정 나누고 사랑하면
내 반쪽이란 걸 왜 모르나

무궁화야! 고향이 그립지.

인생

날이 가고 달이 가니
세월이 가네

꽃이 피고 떨어져도
세월은 가네

세월 따라 덧없이
흘러가는 우리네 인생

세월이 약이다

길

민족의 고질병,
다스릴 약 없나요

커질 대로 커진 내성에
백약이 무효이네

면역력을 키우면
뿌리째 뽑힐 텐데

지하철 맞이방

맞이하는 곳에
맞이할 이는 보이지 않고
오가는 사람들만 앉아
허물없이 스스럼없이
회포를 풀며 말을 섞네.

세월이 약이다

속마음

웃어도 웃는 게 아니고
울어도 우는 게 아닌
그 모습,

네 민낯처럼
네 가슴도 열어봤으면

따라쟁이

꽃은 웃으면 웃고
화내면 화내더라

내 사랑은
피어 있는 꽃이다

그대는 늘 따라쟁이야!

AI* 로봇

신의 섭리를
끝내 거부하면서까지

사랑 없이도
새 인간을 만들겠다고,

종(種)의 기원을 다시 쓰자.

* AI 로봇 : 인공지능(Artificial Intelligence) 로봇을 뜻함

모듬이집

악몽

운동장이 기울고
세상이 어지럽게 돈다

곰 호랑이가 따라오는
섬뜩한 일에 놀란다

온몸이 식은땀에 젖어 깬다.

세월이 약이다

달콤한 외로움

못 견디게 외로울 땐
눈을 감는다

보고픈 얼굴들이
눈앞에서 서성이며 떠날 줄 모른다

낮이나 밤이나
언제라도 그렇다.

낮잠

나른한 오후 한때
눈까풀이 스르르 감기면
천하장사도 못 이긴다.

자장가에 취한 것처럼
졸음에 전염된 것처럼
단잠에 빠져 인사불성이다.

늘어지게 자고 기지개 켜면
깨운 맛은 천하일품이라
그대를 종종 청한다.

세월이 약이다

시한폭탄

근심, 걱정, 불평, 불만,
아픔과 괴로움까지
어금니를 깨물고
꾹꾹 참으며 산다.

이 판국에 혼자 나대며
염장 지르는 짓만 하는
염치없는 그 화상(畵像)은
정말 별난 인간인가?

양처럼 순한 민심,
참는대도 한계가 있지
자꾸 성가시게 깐죽거리면
언제 터질지 몰라.

바람꽃

비닐하우스 단도리 잘하고
뒷마당에 천막도 단디˚ 붙들어 매고,
죄 없는 나무들이 꺾이고 넘어질까
마음이 심란하다

큰바람이 불려나
자꾸,
먼 산에 뽀얀 기운(奇雲)이 돈다.

* 단디 : '단단히'의 경상도 사투리

세월이 약이다

보름이 집

곽종철 제5시집

2022년 11월 3일 초판 1쇄
2022년 11월 7일 발행
지 은 이 : 곽종철
펴 낸 이 : 김락호
디자인 편집 : 이은희
기 획 : 시사랑음악사랑
연 락 처 : 1899-1341
홈페이지 주소 : www.poemmusic.net
E-Mail : poemarts@hanmail.net

정가 : 10,000원
ISBN : 979-11-6284-406-9